눈꽃 한 번 피워 보려고

시와함께(Along with Poetry) 시인선 015

눈꽃 한 번 피워 보려고

권순용 시집

시와함께 넓은마루

| 시인의 말 |

오크통 속에서 내 언어들은 노을이 되었을까

수천만 톤의 햇살과 바람, 천둥과 비와 눈물이 응축된
피 흘림의 물방울들을 채색하며
하늘의 성품을 걸러온 물의 시간,

나는 바닥에 고여 독주의 시가 되고 싶었다

빛은 향기로 잠기고
열매는 사랑으로 숙성되어
한 권의 시집으로 응축되고 싶었던 내 꿈의 오크통을
연다

아, 진정 너는 익었는가

그리움의 잔을 기울이면

하늘엔 노을이 물들고

사랑하는 이들의 가슴마다 붉은 꽃이 피어나기를

일렁이는 포도밭에 나는 다시 매달려 있다

2022년 7월

눈꽃 한 번 피워 보려고… 저자 권 순 용

| 차례 |

제2부 순백의 천에 사랑의 날개를 그려

제3부 눈꽃 한 번 피워 보려고

제4부 강물에 비친 나비는 어디를 날까

제1부

나의 연인, 밤하늘에 반짝이는 별들의 꿈

담쟁이의 꿈

맨몸으로 절벽을 오르는 클라이밍 선수
위아래 좌우로 눈동자를 굴리며 루트를 찾는다
홀더를 잡은 손은 바들거려도 심장은 뜨겁다
바위틈에서 희망을 더듬는 발걸음
설렘과 두려움이 엇갈린다
깎아지른 절벽에서 숨은 맥을 찾는
가냘픈 덩굴의 숨소리
담벼락에 떨어질 듯 매달린
연두의 몸들이 그물을 엮는다
시간을 삼킨 실핏줄이 뻗어 오른다
끈질긴 습성
절벽을 누비는 긴장감이 밀려온다
성공과 추락 사이
홀더를 놓친 낙엽들이 추락하는데
혼신의 힘으로 버티는 꽃들은
흔들릴수록 강해진다
암벽의 정점을 향해 오르는 이파리들
하늘에 닿아 초록별이 된다

화관무

연분홍이 만발한 잔치마당
활옷에 화관을 쓰고 한삼으로 얼굴을 가린 궁녀들이
무대 위로 오른다
뭉게구름 속에 피어오르는 꽃들의 환호와
날아든 나비들의 박수갈채에
초례청의 신부 가슴이 요동친다
바람의 연주에 흩날리는 벚꽃들
떨리는 손을 잡고 함께 춤을 추자며 하늘거린다
두근거리는 마음 다소곳이 옷자락에 감추고
꽃 중의 꽃인 봄의 왕자와 춤을 춘다
빙그르르 계절을 돌면
구름을 걷는 황홀함에 한삼자락 두둥실 하늘로 오르고
나비떨잠은 파르르 진저리를 친다
술렁이는 소용돌이 속에서 병풍으로 둘러선 꽃잎들
눈꽃으로 흩날리며 천상의 길을 열면
가지마다 연두 잎들 새롭게 눈을 뜬다

꽃물

꿈속을 헤매는 소녀의
열손가락에 하나 둘 달이 뜬다

비릿한 풋사랑이 무르익어
보름달로 차오를 때까지
별나라를 유영한다

돌담에 기대어 햇살을 받던 봉숭아꽃
손톱 위에 가지런히 피어나고
수줍은 볼에도 어느새
분홍빛 물이 든다

청올치로 손가락을 묶어주던
할머니의 은빛 머리를 더듬다
손가락을 벗어난 꽃 반죽
하얀 홑이불에 초경의 꽃을 피웠지

첫눈을 기다리는

열세 살 소녀의 꽃물 든 가슴에

번지던 노을빛 물감

무의도

썰물을 보내고
발이 묶인 빈 배
수평선 바라보며 시간을 낚는다

쭈글쭈글 뱃가죽 드러낸 갯벌도 누워
밀물로 돌아올 사람을
기다리다 잠이 들었다

비릿한 말목에 그물 길이 잠기면
갈매기 떼 날아올라 무희가 되었지

밀물의 장단에 맞추어 어깨를 들썩이는 나무들
풀들도 몸을 흔든다

수평선만이 육지로 향하는 길이었어
해가 질 때마다 가슴 적시며
노을은 불타올랐지

둥, 둥, 둥,
파도의 북소리
무의를 걸친 섬은 둥실 떠올라
바다 한 가운데서 노를 젓는다

풀려난 배들도 출정의 바람소리에
깃발을 흔들며 군무를 춘다

꿈의 게이지

마른 호수를 돌다가 낮달을 보내고 별을 따라갔다

누에고치에서 실을 뽑듯이 실에서 스웨터를 뽑아내는
편물기의 목쉰 소리에 어슴푸레한 길이 보였다

삶의 흔적이 꼬깃꼬깃한 실을 끓어오르는 열기로 풀어
물레를 돌리고 실타래를 감았다

실마리를 찾아 낭창하게 걸어주고 손잡이가 달린 케리
지에 실을 끼우고 다이얼을 맞춘다 편출기를 걸고 힘껏
밀고 당기며 마른 호수를 벗어나는 물고기를 그렸다

별들이 속삭이는 이야기 들으며 그물을 엮듯 꿈을 짜는
직녀

손가락에 피의 꽃이 맺히고 바늘코를 빠뜨려 길을 잃어
도 풀고 짜기를 반복하며 지느러미를 키운다

밤새 게이지를 내고 옷본을 그리다 호수에 물이 차고
새벽달이 비치면 지느러미를 흔들며 유영하는 바다엔
윤슬이 가득했다

나비의 문장

창가에 서성이는 봄을 스케치한다
팡팡 터지는 꽃들의 호들갑
화답하는 날갯짓에서 푸른 문장을 만났다
한가로운 구름까지 끌어들인 빽빽한 밑그림은 숨
이 차다
물올라 빨개진 참꽃 한 송이 화폭에 담지 못하고
덧칠을 반복하는 것은 서툰 붓질 때문이다
시간을 좇아가는 풍경은 파노라마로 펼쳐지는데
잊히지 않는 문장이 아지랑이로 어린다
온전히 소유하고 싶은 욕망
바람과 햇살이 드나들 여백이 없다는 걸 몰랐다
절정의 마침표를 찍지 못하고 가만히 붓을 놓는다
계절을 건넌 풍경화
붉은 나비가 널찍해진 행간을 날아오른다

트리하우스

신혼부부가 키 큰 나무에 터를 잡았다
마른 삭정이 혼을 불어 넣는 사랑이 허공에 꽃을 피운다
쌓았다 허물기를 반복하며 완성한 오두막
달랑 방 한 칸에 출입구 하나, 꿈은 하늘만큼 높고 푸르다
탁 트인 하늘과 사방으로 이어진 발코니는
까치부부만 즐길 수 있는 최고의 뷰의 보금자리다
집들이하는 날, 트리하우스에 달아오른 열기에 불꽃이 튄다
짝 없는 낮달은 민망해서 황망히 자리를 뜨고
소리 없이 내려온 별 하나 반짝 신혼 방에 화촉을 밝힌다

머잖아 아기까치 울음소리 들릴 듯

춤추는 풍선

허수아비 선발대회에
혼자서 달뜬 스카이댄서
허공의 무대에서
춤을 추며 하늘높이 꿈을 펼친다
싱그러운 향기가 피부를 스치면
먹먹한 가슴에 바람이 들어 호흡이 가쁘다
회오리에 한껏 부풀어 오른 몸이
곤두박질칠까 조바심이 난다
손을 잡아달라고 바람에게 속삭인다
살짝 홍조 띤 사과의 볼에
함부로 입 맞추려는 새들의 부리를
경쟁자 물리치듯 날려버린다
구경하는 젖소부인이 웃고
사과나무는 반갑다며 손을 내민다
놀란 새처럼 심장이 뛰는 시험장
계약 없는 백수의 삶에서 벗어나려고
노을이 산마루에 걸릴 때까지
혼신의 춤을 추는 취준생

넋이 나가 휘청거리다 주저앉은 몸
내일도 가슴을 활짝 펴고 춤출 수 있는
간절함이 밀려온다

장마철의 매미

사랑의 세레나데 멋지게 부르고 싶었다
벅찬 희망으로
마지막 허물 벗은 날
꿈에 그리던 햇살은 어디로 숨었는지
쏟아지는 빗줄기의 통증만
젖은 날개 속을 파고든다
비가 숨 고르는 사이
매~애~음
입을 열어 간절함을 날려 보지만
노래가 되지 못하고 떨어지는 눈물
날마다 빗물로 샤워만 하다 시절을 놓쳐버렸다
단 한 번의 사랑을 그리며
눈감고 귀 막고 입 닫고 살아 온
지하생활의 습기 찬 가슴만 뜯는다
눈감은 해님도 울고 있는 장마철
마침표를 찍기 전에
목 놓아 실컷 울어 봤으면
속 시원하게

시 읽는 계곡

바람이 책장을 넘기는 소리에
나무가 구름을 읽는다
꿈결 같은 봄의 숨 가쁜 페이지에
풀잎은 풋풋한 책갈피를 꽂고
바위는 켜켜이 시집을 쌓아 놓았다
낮은음자리로 읊는 냇물과
높은음자리로 노래하는 새들
계곡 한자리에 모여 목청을 돋운다
페이지를 벗어난 나뭇가지들은 메말라가다가도
한순간의 절정을 위해 몸을 분지른다
눈감은 청설모는 고개를 끄덕이고
거미줄 같은 선을 늘이며
하늘에서 내려오던 벌레들은
상징이 담긴 알들을 땅속에 묻었다

봄의 맛을 보다

공원에 자리를 깔고 물구나무서기 하는 놈들이 수상하다

일광욕을 즐기는지 비타민D를 먹었는지 탱글탱글한 알몸이
눈길을 끈다

햇살과 바람이 어루만지는 피부는 보송보송 감미롭다

산수유 꽃망울 터트리는 소리도 호사스럽게 먹어 치우고

한 옥타브 높아진 박새의 노래도 잽싸게 받아먹는다

상큼한 봄 향기까지 스스럼없이 몸속에 저장하는 표고버섯

쫄깃하고 앙큼한 맛이 메마른 입의 침샘을 자극한다

마지막 연인

봄이 가고 여름도 보내고
초조한 가을이 파르르 몸을 떤다
지금 너를 잡지 못하면
겨울에 너무 외로울 것 같아
작은 설렘으로 노크를 했다
단발머리 시절부터 동경했지만
선뜻 다가서지 못하고 애만 태웠다
긴 세월 가슴에 묻어두었던 간절함이
시간을 재촉한다
말없이 떨어지는 한 잎의 낙엽을 보며
속내를 털어놓고 말았다
식어가던 심장에 불이 붙었다
사그라져 가는 불씨 다시 살려
뜨거운 불꽃 피워 본다
마른 입술에 꽃을 피우고
젖은 눈동자에 반짝이는 별을 키우며
마지막 순간까지 함께할 동반자
시여 너는
나의 마지막 연인이어라

소금마을

소금 꽃을 피우는 콕싸잇* 사람들
폭염 속에서 눈물과 땀방울 영혼까지 바치고 오롯이 원시 바다의 뼈를 건진다

2억 5천만 년 전 수평을 잃고 땅속 깊이 숨었던 암염을 300m 수직의 길로 뽑아 올린다

설렘과 두려움으로 마중물을 따라온 물
암흑 속을 벗어난 순간 세상의 별천지를 보고 별이 되려고 불가마에 몸을 풀었다

물불을 가리지 않는 짜디짠 알갱이들 펄펄 끓는 몸을 뒤척이며 영글어간다
각을 세우며 커지는 눈물의 뼈들이 뒹굴고 부서지며 단단해진다

물기 잦아들어 바스락 소리 날 때까지 하얗게 지새운 결정의 낱알들

맑은 영혼이 스미어 별이 반짝이고 눈부신 소금 꽃으로
피었다

별빛이 어리는 아이들의 눈동자에 은하수 하얀 소금 길이
열리는 마을에서 간간한 이야기 한 줌 가슴에 담는다

*라오스의 소금마을

일몰

불덩이 몸을 식히려고 소나무에 걸터앉아 벌거벗은 태양 뜨거웠던 하루가 버겁다 너도 가끔은 휴식이 필요하다는 것을 만리포에 와서 알았다 모래사장을 뜨겁게 달구던 여름 아슬아슬한 비키니 차림으로 사내들의 불타는 눈길을 사로잡던 가슴 설레는 미소가 떠오른다 달아오른 알몸, 들켜버린 것이 민망한 너는 도망치듯 달아났지 뜨거운 체온 나무 위에 걸어두고 바다 속으로 몸을 숨겼지 처음으로 입어본 노을빛 수영복 부끄러워 몸 둘 곳을 몰랐던 열여덟 소녀처럼

돌담과 골목과 바람

돌담은 골목과 내통한다
담 구멍마다 쟁여둔 비밀을 발설할 때는
바람을 끌어들이기도 한다
제멋대로 생긴 담벼락도
골목으로 이어지는 것만은 한통속이다
담장 밑에 민들레는 햇살과 바람을 먹고
소문만큼이나 흐드러졌는데
폭삭 주저앉아
제 구실 못하는 돌무더기에서
풋사랑의 역사가 쓰이고
달과 별이 은밀한 만남을 읽고 갔다
흔들리는 돌담 속에 숨은 이야기
형부와 처제의 불륜 소문을
이 골목 저 골목으로
퍼 나른 것은 바람이었다
개구쟁이들의 허물을
눈감아 준 것은 골목이었다
우리 동네 돌담은 골목과 바람과
한패거리다

향기로운 여행

허니문을 떠난다 신부화장에 면사포를 쓴 매혹의 얼굴이 멀어진다 신방에 들기 위해 햇살 웃음을 날리던 복사꽃 시절은 잊어야 한다 밤하늘의 별과 속삭이며 밤새 영글던 풋사랑의 젖은 뺨 몇 번의 보름달이 피고 지도록 베일 속에서 눈물짓던 얼굴이 허니문카를 탄다 봄바람에 가슴 터질 듯 부풀어 올라 그리움 채우던 시절도 남겨두고 떠난 둥지엔 아직도 푸른 정들이 무성한데 엄마는 잘 가라고 손을 흔든다 마른 목을 축이며 의지했던 열매들 하나 둘 떠나고 나면 옆구리 옹이가 허전한 나무는 시름이 깊어진다 보름달처럼 탐스러워도 티끌만한 흠집 하나에 버려질 수 있는 세상인데, 끝끝내 향기를 잃지 않고 홍조 띤 얼굴에 웃음 가득 머문 또 하나의 열매를 향한 출발 딸을 떠나보내며 잎을 떨군 복숭아나무는 다시 일어나 새봄을 준비할 테지

배냇저고리

배불뚝이 딸의 손에서 천사의 옷이 날갯짓을 한다 순백의 천에 날개를 그려 마름질하고 반듯하게 한 땀 한 땀 홈질을 한다 각지고 날선 모서리는 바이어스 천으로 말아 지혜롭게 공그른다 명을 길게 여밈 줄을 달아 마무리하는 어미의 손길을 올올이 담았다 수정 빛 맑은 물에 헹구어 보석 같은 햇살도 듬뿍 뿌리고 엄마의 체온으로 다림질한 배내옷, 티 없이 맑고 고운 아기천사의 힘찬 울음소리를 기다린다

손녀의 선물

안마봉은 효손이다
안성맞춤의 손잡이를 쥐고 어깨를 두드리면
그윽이 풀어내는 몸의 향기
빨간 단풍잎을
머리에 꽂아 주던 해맑은 웃음과
조몰락조몰락 앙증맞은
체온으로 살포시 전해온다
부은 종아리에 대고 문지르면
둥글둥글 구르며 풀어내는 숲의 향취에
마음은 어느새 낙엽 위를 걷는다
마음 둘 곳 없어 적막할 때면
옆에 있기만 해도 힘이 되는 너
손발을 콩콩 두드려
혈을 열어 주는 효손
따뜻한 마음을 오롯이 담은
편백나무 안마봉에서
한비* 냄새가 난다

*손녀의 이름

어머니의 우물

푸른 혈관에 주사기를 꽂고 헌혈을 한다
링거 줄을 타고 흐르는 맑은 피
조용한 혈맥이 파도를 일으킨다
말없이 자신을 내어주는 성스러운 언덕에서
햇살 한 줌에 숨결이 뜨거워진다
뿌리가 밀어올린 수액이
샘으로 솟는 줄기마다
가슴을 풀어헤치고 젖을 먹이는
어머니의 생명수
진액을 다 내어준 삭정이 피부엔
각질이 버석거리고
푸른 잎 누렇게 시들어도 누울 줄 모른다
나누기만 알고 가질 줄 모르는 외골수가
언덕에서 봄의 기운을 나눈다
고로쇠 수액 한 통씩
산을 내려가고
손을 흔드는 어머니의
마른 우물엔 새살이 돋는다

가을

상자 속의 가을이 눈짓을 한다

아침 햇살 품은 알밤을 한입 깨물어 본다
이슬 젖은 새벽 발자국 소리에
옹골찬 고향의 맛이 혀에 감긴다

타는 가뭄에 한 방울 물을 찾아
기어가다 굳어진 땅콩은
관절이 휘어진 어머니의 손마디다

가을바람 소슬하여 움츠러든 몸
맵싸한 고추향이 번지자
수십 번의 눈맞춤이 오고갔을
숨결이 눈가에 머문다

태풍을 견디며 밤잠을 설친 고뇌와
땀방울로 가꾸어온 결실
둥글둥글한 문장들이 풍성하다

생략된 넝쿨들을 그려보며

애지중지 가꾸어 보낸 정성에

뭉클 눈물 한 방울 가을 햇살에 얹는다

제2부

순백의 천에 사랑의 날개를 그려

쑥부쟁이 사랑

단풍이 된 아버지는 산으로 가시고 할머니는 쑥부쟁이가 되었다 안개 자욱한 숲 속을 헤어나지 못한 채 이슬이 마르지 않는 허공만 바라보았다

흐트러진 매무새로 냉기 찬 마당가에 우두커니 앉아서 대문을 지킨다 며느리는 몰라도 밥상은 알아보는 허기진 쑥부쟁이 가을이 깊어갈수록 기다림에 지친 몸이 바람에 흔들린다

함초롬히 피어있던 쑥부쟁이 머리엔 하얀 구름이 내려앉았다 나뭇잎은 추락하고 풀벌레도 떠나야하는 서릿가을 담장 위의 호박넝쿨은 맥없이 널브러졌다 집안을 밝히던 태양은 서산으로 넘어가고 마당엔 싸늘한 어둠이 밀려온다

대문도 닫지 못한 채 기다리던 계절이 가고 밤새 첫눈이 왔다 어젯밤 꿈속에서 아들을 만났을까 허공을 향해 손을 휘젓는 쑥부쟁이 홀로 머리를 떨군다

뜰 앞의 감나무 빨간 등 하나 덩그러니 매달고 까치들을
기다린다

겨울비

엄마 또 올게

자주 오지 마라 힘든데

손사래 치는 어머니를 뒤로하고
요양원을 나오던 날
무겁게 가라앉은 하늘이
끝내 눈물을 흘렸다
정수리에 떨어진 빗방울
볼을 타고 흐른다
마른 숯덩이로 버석이는
가슴을 적시는 것이
눈물인지 빗물인지
분간할 길이 없다

제발, 비야 오지 마라

흰 눈이 하늘로 오르는 날엔

상춘

봄의 화신들
무리지어 다녀갈 때
가슴앓이 깊어진다

개나리 진달래 목련
친구들의 이름
하나하나 불러주고

봄풀처럼 자라는 아가들
샛별 같은 눈동자와
눈 맞추며 안아 주고픈
간절한 마음을
꽃잎에 실어 날려 보낸다

사람이 피고 친구가 오고
초록의 나뭇잎 돋아나는
일상을 잊은 봄의 상처

뼈에 사무친다

섣달그믐

달랑 둘 뿐인 식구 만두를 빚는 세밑, 밀어놓은 피에 소를 넣고 입을 꼭꼭 닫는 밤은 묵직한 침묵이 고인다

호롱불 아래서 만두를 빚던 밤은 훈훈했지 고향을 찾은 가족들 복 짓는 소리에 고단함도 잊으신 어머니는 흐뭇하게 웃으시고 눈썹이 셀까 눈을 치켜뜨다 잠이 들면 나는 머리맡에 놓인 꼬까옷 입고 하늘을 날았지

속을 보이지 않고 꼭꼭 입 닫고 사는 사람들은 만두 속처럼 다져둔 정을 언제나 풀어낼까

자라나는 새싹들 눈 맞추지 못해도 강물처럼 흐르는 정은 멈출 수가 없다 초인종 소리에 문을 여니 하늘을 날아온 택배상자 동그마니 앉아있다 한달음에 달려온 아이들 마음을 연다

까톡 까톡 까톡 까톡 까톡

바다를 건너온 싱싱한 문장들 후끈 달아오른다 까치들
의 날갯짓에 잠시나마 눈시울이 뜨거워지는 까치설날
훈훈해진 온기로 새해 새날을 기다린다

달의 안부

사이타마시*에서 보는 달은
고향을 비추는 거울
두고 온 얼굴을 읽는다

어슴푸레한 그의 모습
두 손을 입에 대고 소리를 모아 속삭여도
내려다보는 눈빛 쓸쓸하다

새장을 탈출한 새처럼 뒤도 안 돌아보고
달의 길을 따라올 때 보이지 않던 파도
거울 속에서 출렁인다

낯선 땅에 온 후
공원에서 아가들이 곤니찌와
하는 인사에 곤니찌와
하고 답하는 것이 유일한 소통이다

초승달 같던 갓난아기가

보름달처럼 살이 오르는 동안
그리움도 달의 높이만큼 자랐나보다

지구를 벗어나지 못하는 달과
그의 품에서 헤어나지 못하는 나
인력에 끌린 물결이 밀려오고 밀려간다
만월에 비친 그의 눈빛이 환하다

*일본의 도시 이름

푸른 연등

등불을 밝히고 기도에 든 복숭아나무
부처님의 말씀을 주렁주렁 매달았다

풋것들의 꿈이 영글어갈 때까지
새들의 입맞춤에도 노심초사하는 어머니

법당 앞에 가족을 세며 등을 달고
촛불을 켜는 투박한 손에서
자비의 언어가 깨어난다

나무의 건강과 꽃들의 화목을 위해
망자의 저승길까지 밝혀도
자신의 안위는 뒷전이다

맨살의 촛불을 지키는 지등 같은 보살님
무지개 불빛을 온누리에 뿌린다

사다리를 타고 하늘 가까이 오르면

신을 만날 것 같아 오르고 또 오르며

황금 열매 나누고 싶은 보시의 꿈
향기로운 땀방울로 만개의 등을 달았다

희망 온도

심장이 식어가고 있었다 동력을 잃은 배관에선 공기 빠지는 신음소리가 들렸다 잠에 빠진 경보기는 위급상황을 감지하지 못하고 혹한의 한기가 폐 속을 파고들어 밤은 거칠게 숨을 헐떡였다 쉼 없이 불꽃을 피우던 버너에 노즐이 막혀있었다 발버둥치는 어둠 속의 팽팽한 시간. 가슴을 압박하던 물길이 멈춘 가장의 혈류는 중년의 벼랑에서 길을 잃었다 사방으로 연결된 배관에 희망을 채우느라 골몰했던 아버지의 세월은 붉은 녹으로 뒤엉켜 있었다 세상이 하얗게 얼어붙은 밤에 파고들었던 아버지의 품은 불을 지핀 듯 훈훈했었지 자는 척 품속을 떠나기 싫어했던 철부지 딸에게는 포근한 이불이었고 식구들에겐 따뜻한 아랫목이었다 희망 온도를 위한 순환의 고리를 끝끝내 놓지 못하고 끓어오르려 안간힘을 썼다 심장을 교체한 후 검진을 마친 의사가 안전밸브를 열자 파르르 몸을 떤다 펑. 숨통이 터진 폐에서 꽃구름이 피어올랐다 생기가 도는 아버지의 얼굴. 집안 가득 훈훈한 온기가 돌았다

헌 집 주고 새집을

칼침 자국이 선명한 배를 안고 누워있는 사내가 낯설다 불을 뿜던 그의 눈은 닫힌 눈꺼풀 속에서 생각을 굴린다 칼날을 연상하던 혀는 물기 말라 버석인다 무심히 쌓아온 니코틴과 이끼 낀 세월의 흔적을 버티지 못해 집이 허물어지려는 순간 한 방울의 피눈물로 신호를 보내온 소피의 집, 리모델링은 어려워 헌 집을 버리고 새집을 지어야 한다는 의사의 말에 선생님, 선생님, 헌 집 줄게 새집 주시오. 주문을 외워 본다

여덟 시간 만에 새집을 지었다 의사는 신의 한 수로 소장을 잘라 본을 뜨고 어머니가 운동회 전날 팥 주머니를 만들 듯 정성들여 한 땀 한 땀 꿰맸다고 한다 일곱 개의 목숨 줄에 영혼을 걸고 천국의 문턱을 기웃거리다 누울 자리가 없어서 지구를 한 바퀴 돌았다고 한다 고비 사막을 넘어 걸인이 되어 돌아온 사내, 새로 지은 집에 주인이 돌아오고 낙엽이 되려던 혀에 물기가 돌면 눈을 치켜뜨며 불을 뿜던 4월의 표범으로 다시 돌아올 것이다.

행운목 꽃 피다

거실에 푸른 가족
하얀 웃음으로 황혼을 장식한다
생기 잃은 얼굴에 꽃단장하고
향주머니를 터뜨린다

가족이 되어 새집으로 입주할 땐
솜털 보송한 애송이였는데
수십 년 달력을 넘기며
햇빛 한 줌 물 한 방울 허투루 보내지 않고
꽃씨를 준비한 너

웃고 울던 계절은 속절없이 저물고
아이들이 흘러간 집은 절간인데
홀로 곁을 지키며 빈 마음을
채워 준 행운의 꽃
부처님이 보내주신 우담바라인가

지는 햇살이 창문을 스치면

쫑긋 귀를 세우는 저녁
짙은 행운을 집안 가득 뿌려 놓고
묵언의 싹을 밀어 올린다

달팽이의 일기

생의 2막이 시작되었다
배추가 시집을 가던 날
달랑 방 한 칸 짊어지고 따라 나섰다
흔들리는 차 안에서 더듬이는 할 일을 잃고
허전함을 달래느라 먹고 또 먹었다
입으로 쓴 페이지는 그물처럼 줄기만 남고
살찐 몸을 감당할 수 없는 나는
바닥을 뒹굴었다

승강기를 타니 정신 줄을 놓쳐
한 발 떼기도 전에 아파트에 도착했단다

영혼까지 끌어 모은다는 버블시대에
조용한 꿈틀거림으로 길을 찾기에 골몰했다
평생을 기어온 밑바닥 생활이 가산점을 높여서인지
꿈꾸듯 이루어낸 입주
설렘과 두려움이 교차한다

천천히 내밀어 본 더듬이
구멍이 숭숭한 배추에 화들짝 놀란 얼굴
당장에 창밖으로 내던져져 박살날 것만 같아
시퍼런 몸을 태아처럼 웅크린다
껍질 속에 숨어 기도하는 간절함을 알았을까
베란다의 화초들 같이 살자는 배려에

오늘은 희망이라고 쓴다

동백꽃 다시 피다

외도의 사월이 떨어진다
핏빛 검붉은 동백꽃
내 성의 꽃처럼 송두리째
달빛 차오를 때마다
울컥울컥 피워냈던 꽃밭
세 번의 열매 맺으며
전성기를 누린 적도 있었지
오십 고개 넘다보니
꽃 지고 물 말라 묵정밭이 되었다
생기 잃어 서걱이는 박토
풀 한 포기 뿌리 내리지 못하는 불모지
호르몬제로 물길 찾으니
다시 꽃을 피웠다

비문증

집요하게 따라 다니는 스토커가 공포를 몰고 온다

어느 날 홀연히 나타난 그가 눈 감으면 같이 감고
눈을 뜨면 다시 살아난다

아무도 눈치 챌 수 없는 우울 속에서 출구를 찾아 헤맨다

건드리면 흩어질 듯 희미한 허상이 말없이 눈동자를 따라 다니고
나비들이 허공에서 그네를 타며 서커스를 한다

눈동자를 따라 부유하는 그림자가 온종일 신경전을 벌인다

숨 돌릴 틈 없는 사랑의 노예
자유를 갈망하는 슬픈 눈망울

끊임없는 날갯짓을 잠재울 처방전이 없어서 계약도 없이
불편한 동거에 들었다

낯선 둥지

쉴 곳을 찾아 헤매는 늙은 암탉의 설움이 목울대를 울린다

병아리들 먹여 살리던 전답과 젖은 깃을 품어주던 보금자리 청산하고
도시로 옮겨온 집은 내 집이 아니다

날카롭게 각을 세운 집은 좌불안석이다
물 한 모금 마시는 것도 눈치가 보여 방랑객처럼 떠도는 하루
세월에 짓눌린 어깨가 기울어진다

손톱 발톱이 닳도록 흙을 파며 키운 것들 붉은 딱지가 붙을까 봐
고개만 갸웃갸웃 생각이 무성하다

둥지를 두고 오늘은 또 어디에서 앙상해진 몸을 뉘어야 할까

명품 길들이기

세상에 하나밖에 없는 명품. 당당하고 수려한 자태에 반했다 옆에 끼고 있으면 반짝반짝 빛이 날 거라는 기대에 애지중지 보듬었다 도금이 벗겨진 장식과 빛을 잃어가는 가죽은 본색이 드러나도 무늬만은 명품이기에 무를 수도 버릴 수도 없어 애를 끓이기도 했다 쓸데없이 세운 콧대를 납작하게 누르고 고집불통의 자만심 덩어리 던져버리고 싶었다 명품을 소유하려면 톡톡한 대가를 치르듯 남들 앞에서 들키지 않으려고 소중히 다루어야 했다 갈고 닦고 다독이며 길들이는 데 50년이 흘렀다

센서와 센스

현관의 센서는 묵묵히 자리만 지킬 뿐
오고가는 나를 읽지 못한다

나는 허공이 아니라고
손을 들어 신호를 보내도 감감무소식이다

천장에 박힌 채로 꼭 감아버린 두 눈
몇 번인가 흔들고 소리 질러 깨워 본다

생각 없이 눈을 뜨고
아무 일 없다는 듯
밤새도록 환하게 보초를 선다

아침이 와도 한번 뜬 눈을 감을 줄 모르는
센스 없는 센서

붙박이로 자리만 지키며
오버센스 하는

그를 보는 것 같아 숨이 막힌다

렌즈를 바꾼 현관의 센서는
반짝반짝 생기가 도는데

센스 없는 그 남자나
센서를 모르는 나는 얼마나 더 살아야
센서와 센스를 다스릴 수 있을까

해물탕

불꽃이 세상을 달군다
노을빛으로 물든 바다가 끓는다
파도를 타던 해산물들 핏빛 바다에서 몸부림을 친다
집게발을 잃은 게가 거품을 물고 버둥거리자
새우는 등을 구부려 몸을 사린다
벌어진 입을 다물지 못하는 조개들 틈에서
몸을 뒤틀던 낙지는 기절하고 말았다
전복과 가리비의 시시비비를 가리는 냄비가
부글부글 달아오른다
애가 끓는다
나는 일곱 식구가 복닥거리던 단칸방에서
벗어나려고 몸부림을 쳤다
속을 끓여야만 맛볼 수 있는
부서지는 파도에서 운명의 미각을 찾는다
바다의 비릿한 맛은
매콤한 양념이 잡아주고
속 좁은 냄비의 파도는
미나리 상큼한 언어를 얹어 불로 다스린다

참새 방앗간

줄지어 서있는 분쇄기들은 큰 입을 다물지 못하는 하마다 먹고 또 먹어도 속이 차지 않는 하마들은 주는 대로 받아먹고 한 치의 거짓 없이 밀어낸다 매화꽃이 핀 절편이나 하얗고 담백한 가래떡을 쑥쑥 뽑아내는 새끼하마는 늘 배가 부르다 동네방네 소문을 몰고 온 참새들 수다를 쏟아낸다 까칠한 시어머니의 시집살이가 베트남에서 시집온 며느리의 입방아에 오르내린다 봄 냄새 물씬 풍기는 떡 반대기 달인처럼 늘리고 둥글려 맛나게 빚어내고 떡 꼬리 뭉텅 끊어 방아 찧는 참새들 입을 막는다 고추보다 매운 시집살이 빨갛게 갈아버린 적 있었지 떡이 되려고 으깨지고 부서져도 말 못하고 숨 막히는 수증기의 뜨거움도 맛보았다 시루떡처럼 켜켜이 쌓인 정이 달같이 돌고 돈다

밥상머리

코드를 찾지 못한 언어가 비틀거리고
어긋난 단어들이 폭발한다

밥사발은 언제 폭탄으로 터질지 모르고
눈 뜬 생선은 가시를 감추고 경계를 한다
젓가락이 심장을 겨누면
숟가락은 방어태세를 갖춘다
숨을 곳이 없는 식탁모서리가 각을 세운다
살얼음판이 된 밥상
김이 오르던 찌개에 서릿발이 서고
날을 벼른 가시가 창이 되려한다
원하는 답을 얻기 위해 마구 휘두르는
칼날보다 날카로운 혀에는
고기를 방패로 쓰면 어떨까
팔팔 끓는 찌개 속
한 점의 고기에 허기가 밀려온 듯
바삐 움직이는 수저도 정신이 돌아왔다

칼로 물을 벤 밥상 그 맛은?

마지막 만찬

유산으로 받은 가난과
자린고비 인생도 내려놓고
인심 한번 후하게 써본다
밥값은 먹는 사람 마음대로 계산을 해도
묻지도 따지지도 않는다
술과 안주 커피와 과일까지
무제한 제공을 하고
화투장을 뒤집는 고성에도 침묵으로 일관한다
40년 전에 떠난 아내의 모습은
국화꽃 속에 피어나는데
홀로 버텨온 흔적을 화환 속에 담아본다
세월 저편의 그녀를 만나러 가는 시간
애잔한 미소가 번진다
한 잎의 낙엽이 떨어지듯
스치는 슬픔보다
짐을 벗은 어깨가 홀가분하다
향불에 남루를 태워버리고
피워 오르는 연기 따라
천상의 계단을 오른다

두 여자

페달을 밟을 때마다 말을 건네는 그녀와
시시때때 잔소리를 쏟아내는 아내와 동행한다

길을 잘못 들어도 화 내지 않고
조곤조곤 반복하는 그녀를 따라간다

미주알고주알 떠들다 갑자기 코를 골아
신경이 쓰이는 아내보다
한동안 말을 아끼는 그녀의
밉지 않은 소리를 은근히 기다린다

시간을 되돌려 따지는 아내의 잔소리가
가시처럼 귀에 걸려
콕콕 찍어주는 그녀의 언어를 낚지 못하면
진주를 지나 삼천포로 빠지기도 한다

두 여자 사이에서 갈팡질팡 하다가
길을 잃고 헤매기도 했었다

쉴 틈 없이 고, 고를 외쳐대는
여자의 말을 따돌리고
자상한 길잡이를 따라간다

묻거나 따지지 않고 약속된 장소를 만나면
깔끔하게 마무리하는 그녀
길 떠날 때마다 습관처럼 찾는 내비게이션

한통속

애간장이 녹아내린다 아버지는 1000도가 넘는 불가마에 나를 구우며 햇살과 바람이 드나드는 마당 너른 집에서 마음껏 숨을 쉬라고 했다 유리벽 속에 갇혀 햇살 한 줄기 바람 한 점 마음대로 누리지 못하게 될 줄은 몰랐다 아무리 발을 내딛어도 창문을 넘을 수는 없었다 내가 할 수 있는 일이란 일 년에 한 번씩 잉태를 하고 출산을 하는 일이었다 출산 후에도 비우지 못한 속은 평생 간장을 졸이며 살아야 했다 창문 밖에서 서성이는 달을 잡지 못하고 만개의 별이 반짝여도 품을 수 없어 애가 타는 밤. 이슬로 세수를 하면 수정 같은 얼굴이 될까 간간하게 살고 싶었던 꿈은 접은 지 오래다 때로는 가을 하늘의 구름과 고추잠자리도 초대하고 싶었지만 아무도 허락하지 않았다 무지개 꿈을 꾸던 딸은 며느리가 되고 엄마가 되어 애간장 끓이며 살아야 했다 말 못하고 듣지 못하는 우리는 한통속이었다 둥글둥글 어우러져야 깊은 맛이 난다는 어머니의 말씀이 고여 있는 단지. 달궈진 속이 식어간다 짜디짠 설움을 참고 견디던 금이 간 항아리 검은 피를 쏟아낸다

제3부

눈꽃 한 번 피워 보려고

태풍을 읽다

바람의 메시지가 도착했다
소용돌이로 달려오는 외눈박이
소나기를 동반한 천둥 번개가 불호령을 친다

밀어붙이는 바람에 곤두박질쳤다
풀포기 끌어안고 휘청거리던 문장들
가슴 저리게 읽힌다

씨앗을 잉태하고 키운 바람의 이름을 건 필사적 도
전이다
적란운이 키운 날벼락은 나무를 까맣게 태우고
피 한 방울 튀지 않는 바람의 혀에
박살난 파편들이 각을 세운다

번개와 우뢰가 몰아치는 물난리
산허리를 잘라 먹은 물줄기가 황톳빛 용틀임을 한다
쑥대밭이 되어 뼈만 남은 앙상한 기록들

밀려가고 밀려오며 해수를 뒤집는
폭풍의 소용돌이를 삶이라 읽는다

절규하는 몸부림으로
태풍이 읽고 간 페이지를 넘긴다

춤추는 낙엽

푸른 청춘을 다스리느라 고뇌한 적이 있다
목이 타는 가뭄엔
한 점의 구름으로 입맛을 다시고
물벼락을 치는 태풍의 소용돌이에
몸이 뿌리째 흔들릴 때는
하늘을 원망하기도 했다

죽을 고비를 넘기고 살아남은 황혼
가슴은 허전하고 눈빛은 서늘하다

빛바랜 단풍잎은 별똥처럼 떨어졌다
가슴속에 남은 한을 불태우려는
별똥들의 날갯짓
한바탕의 축제를 벌인다
바람을 타고 날아오른 색색의 나비들
하늘 높이 솟구쳐 한 무리의 새가 되기도 한다

공연장엔

관객이나 무대는 없어도 허공만 있으면 족하다

바람과 함께 호흡하는 가을의 전령

우리는 춤추는 낙엽이다

고구마 밭에서

호미 끝에 걸린 감정이 정수리를 내리 찍었다 넝쿨 옷을 벗긴 맨땅에 호미를 들이민다 여린 몸에 상처를 남길까 조심하며 한 줄기, 두 줄기, 세 줄기 파고 또 파도 못난 새끼 하나 달고 나오지 않는다 배신자라는 말이 튀어나올 뻔했다 햇볕과 물을 양껏 먹고 보살핌 속에 자랐으면 값은 해야지 알토란 같은 종자 하나 키우지 못하고 줄기마다 털북숭이 실뿌리만 잔뜩 달고 나오면 어쩌라는 건데 날카로운 호미로 애먼 고구마에게 화풀이를 하고 말았다 하얀 피를 본 후에야 초심을 찾은 마음 묵묵히 땅을 팠다 빈 그릇이 묵직했다

용꿈을 꾸는 돌

물에서 자라난 몸뚱이
지나온 흔적이 아련하다
밤과 낮 동안 끊임없이 씻기며
계절과 계절 사이에서
용의 비늘을 새기려 했던 너
깊은 계곡 울음소리 받아 새기고
사계절의 체온을 느낄 때마다 한 겹씩
비늘 옷을 그린 돌
비릿한 물 냄새도 품고 있다
승천하는 용을 그리려다
이끼만 끼어 주름이 깊은 돌
천년의 세월이 흐르면
용이 되어 날 수 있을까
물속에 잠기어 꿈쩍하지 않는다

까치밥

가을이 춤을 춘다
고향집 뒤뜰에 감 익는 소리 낭자하다
햇살을 듬뿍 받아먹고
맑은 이슬로 세수를 한다
시린 달빛도 놓치지 않고
몸매 가꾸느라 밤낮으로 골몰하다
비단 치맛자락 펄럭이는 잎들
까치도 덩달아 꼬리를 촐싹인다
어제 보았던 빨간 홍시는 보이지 않고
흔적만 남아있다
감은 까치가 먹었는데
언니의 얼굴이 홍시처럼 불그레하다
한껏 성숙하여 탱탱한 열매들 사이
키다리 감 망태가 춤을 춘다
갈무리 하는 어머니
넉넉해진 얼굴에 미소가 번지고
까치의 몫도 후하게 남긴다
볼이 터질 듯 농익은 유혹

나뭇잎 떨어져 앙상한 가지에

환하게 등불 밝히고 까치를 기다리는

홍시

늙은 배추

시집 못 간 노처녀들 빈집을 지키고 있다
푸른 시절 주위를 맴돌던 인연을 몰라보고 새침을 떨다
데이트 한 번 못하고 서리 맞은 채 제풀에 주저앉았다
황량한 들판에서 하얀 머리 풀어헤치고
찬바람 맞으니 가슴이 시려 눈물짓는 배추들
제멋에 콧대를 세우다 혼기를 놓친 후 밀려오는 회한
뼛속 깊이 사무치는 올드미스다

착한 버섯

자작나무가 키운 암 덩어리에서 양분을 뽑아낸다

얼음처럼 투명한 새소리와 몸을 낮춘 야생화의 향기가 깃든 차를 마신다

시베리아의 혹한에서 하얀 나목으로 별과 총총 이야기를 나누며 자작나무는 암을 키우고 있었단다

죽어가면서도 품에서 놓지 않고 마른 피 한 방울까지 챙겨준 어미의 암 덩어리는 환자들의 치료제로 변신을 했다

어머니의 유전자를 물려받은 버섯 온 세상의 암 환자들을 찾아다닌다 원하는 사람 누구에게나 희망을 나누는 착한버섯이란 소문이다

암세포를 버섯인 양 따 버린 환자들 차가버섯 차를 마신다

암이 암을 먹는다

겨울나무

앙상한 몸에 가녀린 실핏줄 훤히 드러내고 당당히 서있다
푸른 아침마다 잠 깨우던 새들은 발길 돌린 지 오래인데
가끔씩 문안 오던 까치부부의 반가운 소식을 기다리는
간절함을 회색 허공에 날린다
열매 다 나누어준 빈 가지마다 냉랭한 바람 불어오면
외로워서 한 번씩 불러보는 어머니
실오라기 하나 걸치지 않은 알몸으로 퍼붓는 눈을 받는다
눈꽃 한번 피워 보려고

산딸기

초여름 햇살에 숲속의 별들이 익어간다

초록향기 번지는 가시덤불 속에서 새빨간 별을 따는 아버지를 만났다

말없이 내미시던 검은 손에서 칡잎에 싼 딸기 한 움큼
나를 보고 웃는다

가시에 찔린 상처는 보지 않고 손에든 딸기만 낚아채던 철부지를 흐뭇하게 바라보시던 아버지가 유년의 냇가에서 출렁인다

패인 상처 함께할 수 없는 먼 시간, 지난날의 상큼한 별맛은 아직도 생생한데

아버지와 그렸던 그림은 자꾸만 지워져 백지가 되어간다

불시착한 둥지

아파트 닮은 상자에 둥지를 튼 할미새부부
꽁지를 촐싹이며 춤을 춘다
젊은 날의 우리들처럼

서울이라는데 그의 말만 믿었다
울도 담도 없는 집에 달랑 화장대 하나
소꿉놀이하듯 살림을 차릴 땐 두근거렸지

서울보다 달이 가까운 산동네
자정 무렵에야 기어오르는 물 마중하느라
충혈된 눈으로 밤잠을 설쳤지

특별시란 이름보다
칼산이란 이름이 어울렸던 회색의 도시
씨 뿌리고 꽃 피울 수 없는 불모지였지

불시착을 감지하고 오아시스를 찾아
밤마다 헤매어도 내가 찾는 무지개 동산은

하늘만큼 멀어 가슴 졸였지

농부들이 들고나는 창고, 불시착한 둥지에서
아기 새들의 날갯짓을 재촉하는
철부지 부부의 애타는 마음을

나는 알지

찔레꽃 무덤

꽃 지던 날 뻐꾸기도 섧게 울더니 올해도 꽃이 피어 눈물 납니다

보란듯이 피어난 청순한 자태에 당신이 꽃 따라 가버린 그날이 생각납니다
솜털도 벗지 못한 다섯 송이 꽃망울 오보록이 남기고 간

찔레꽃 무덤은 암흑의 도가니였습니다

어둠이 깃든 동굴 속에서 아이들이 길을 찾아 헤맬 때는 원망이 가시가 되기도 했답니다

그리움은 이슬방울로 맺히고 서러운 별의 눈물을 닦아주며 울고 웃다보니 어느새 동굴에도 빛이 보입니다

꽃 따라 왔다가 향기만 남겨두고 가버리던 당신

하얀 소복으로 웃고 있네요

이제는 마주보며 웃어 줄게요 찔레꽃처럼 하얗게

보리누름

미풍에 실려오는 보리 냄새는 아버지의 향기다

찔레꽃 향기 따라 황금 옷 갈아입는 보리밭

알을 품던 종달새 한 쌍 그림자에 놀라 솟아오르고, 깜부기 둥지 서늘한 가슴을 보리수염이 찌른다

산딸기 익어가는 보리누름이면 태산보다 높은 보릿고개를 아버지 빈 지게가 휘청거리며 넘는다

노을이 산허리를 감도는 저물녘엔 허기진 산그늘이 내렸다

뻐꾸기 울음소리에 그을린 보리이삭 한 줌으로 주린 배를 채우던 시절

보리타작 앞에 여우비만 내려도 한숨 깊어지던 아버지

보리누름이면 까칠한 수염을 쓰다듬으며 서걱서걱 낫질

하시던 주름진 얼굴엔 황금빛 햇살이 비쳤다

꿈처럼

한 무리 흰 나비를 날려 보내기 위해
바람은 춤을 추고
한 무리 붉은 새를 날려 보내기 위해
구름은 날갯짓 하는데
하얀 목련 되어 서둘러 떠나가 버린
너를 잡을 길 없어
눈물 쏟아내며 숨 막히던 아픔으로 하얗게 잦아드
는 봄
아득히 멀어져간 세월의 뒤편으로
잊혀져가는 너를 위해
눈물 젖은 꽃잎 엽서를 띄워 보낸다

인연

일곱 번 실패 후의 만남이었다 오랫동안 동경하던 모습이었기에 보는 순간 반해 버렸다 듬직한 생김새가 이상형이어서 따질 것 없이 선택했다 넉넉한 그의 품에서 모락산을 바라보는 것은 나의 행복이었다 손님을 맞을 때는 기를 살려주어 흐뭇했고 어머니를 편히 모실 수 있었던 것도 그의 넓은 아량 덕분이었다 아이들이 품을 떠날 때도 내내 함께였는데 나이 들어가면서 초라한 모습이 안타까워 성형을 해주기도 했다 사랑한 만큼 젊어진 모습에 어깨가 으쓱했던 시절, 손자들과 아롱다롱한 추억이 가득하다 어머니의 팔순 잔치 때는 뷔페가 되었고 아이들의 결혼식 때는 든든한 울타리가 되기도 했었다 힘들고 지칠 땐 넓은 품에서 쉴 수 있었고 허전한 마음 의지할 수 있어 좋았던 너, 내 삶에서 가장 빛났던 시간을 공유했기에 옆구리에 금이 가고 여기저기 무너지는 소리 들려도 떠나지 못하고 다시 품속으로 기어들곤 했다 이제는 너의 넓은 품을 감당하기 어려워 여기서 이별을 고한다 우리 가족의 역사와 추억을 간직한 너와의 인연은 여기까지기에

늙은 집

그림자도 없는 바람만 왔다 간다
마당 구석의 대나무 겨우내 울며
살아 있다고 외쳐도 아는 척하는 이 없다

주인을 기다리듯 고즈넉한 툇마루에
엉덩이를 붙이고
잠시 머무른 햇살이 귀를 쫑긋 세운다

장독에 들어앉은 말간 하늘에
구름 몇 점 노닐고
햇살 머금은 담장 아래 숨바꼭질하는
아이들 발자국소리 들리던 계절이 있었다

장죽을 든 할아버지 헛기침 소리에
가마솥에서 밥이 잦아들고
아궁이의 뚝배기도 뽀글뽀글
바쁘던 시절은 호사였다

대가족의 수발 허투루한 적 없이
사랑으로 세월의 흔적을 켜켜이 쌓은 집
속을 다 내어주고 홀로 늙어가는
어머니의 허물이다

오월의 풍경

노을이 풍경화의 밑그림을 칠하는 저녁, 불꽃은 석쇠를 달군다

달아오른 마당엔 별빛도 초대되어 소시지를 굽고 밥을 볶느라 야단법석이다 웃음소리 버무린 향기는 맛깔스런 담을 넘어 골목으로 번진다

아이들과 둘러앉아 꿈결인 듯 멋쩍은 웃음 한 번 렌즈에 담아보는 어버이 품안의 자식들 떠날 때마다 가슴에 생긴 바람구멍 메워지려나

기름진 삼겹살과 두어 잔의 소주에 시름이 녹아내린 아버지는 올망졸망한 새싹들의 축하에 구름 위를 날아 수면에 드셨다

철부지 아이들은 만선으로 돌아가고 썰물 빠진 갯벌엔 적막이 밀려온다

잡초처럼 살아온 흔적 더듬으며 떠난 소리 줍고 있는 저녁

바다로 기울어진 평상엔 숯이 된 아비와 지친 어미뿐

두물머리에서

남한강과 북한강에서 달려온 물이
부둥켜안고 소용돌이칠 때 강물은 소리 내어 웁니다
반세기 지나 만난 설움은 강을 눈물바다로 만듭니다
며칠 후 돌아온다는 무언의 약속이
수십 번의 꽃이 피고 질 줄은 몰랐습니다

푸른 청춘의 새신랑은 허연 갈대로 서걱이고
연분홍 미소가 수줍던 새색시는 백련이 되어 속울음 삼킵
니다
쌓인 한이 굽이치는 강가에서 긴 한숨으로 토해냅니다

금강산호텔의 단체 상봉장에서 만난 이산가족들은
악몽을 해독하지 못한 채
핏빛 노을 뛰어넘은 세월을 읽어갑니다
 외아들을 전쟁터에 보내고 반백년을 기다려 온 개미실댁
떡시루처럼 쌓인 가슴속 응어리 풀 길이 없어
스스로 저승길 택한 소리 없는 절규에
온 마을이 울고 산천초목도 섧게 울었습니다

복받치는 설움에 가슴을 치며 오열하는 강물
물속에 가라앉았던 상처들이 부유물로 떠올라 울컥입니다
나이테에 쟁여둔 생생한 순간들 떠올리던
느티나무도 주름진 얼굴을 비춰봅니다
닻을 내린 황포돛배는 기약 없는 기다림에
가는 해를 부여잡고
강기슭을 배회하는 안개 속에서 백로 한 마리 날아오릅니다

낙엽이 된 러브레터

건들거리던 바람이
나뭇가지를 맴돌며 멈칫거린다
슬며시 눈치를 보더니
푸른 잎 갈피를 파고든다
거침없이 휘몰아치는 바람의 집념
열 번을 찍어도 끄떡없는
나무에게 회오리로 다가온다
수십 통의 러브레터에도
흔들리지 않던 풋내기 소녀를 읽는다
단발머리에 마음을 빼앗긴 바람은
머리가 헝클어지도록
회신 없는 종이비행기를 쏘아 올리고
흔들릴수록 뿌리가 깊어진 나무는
가슴에 품은 달이 있어
바람의 문자를 외면했다
개봉되지 못한 러브레터가
낙엽이 되어 허공으로 날아갔다
늙은 나무

앙상한 우듬지를 더듬는

빛바랜 시간이 아련하다

눈 오는 날의 수채화

도화지에 고향을 그린다

처마 밑 시래기 다발에 들이치는 싸락눈 소리와
아버지의 비질 소리가 화음을 이루는 밤
화롯불에 구운 고구마는 철부지들 입에 넣어주고
동치미 국물만 들이켜던 엄마의 미소와
고무신에 쌓인 눈을 털어내던 언니의 투덜거림이
시린 눈꽃으로 피어난다
연일 내린 눈이 무릎까지 차오르는 백색의 고립
하얀 그리움이 켜켜이 쌓인다
몸으로 그리는 수채화
사립문 옆에 입이 비뚤어진 눈사람과 놀다
저녁연기 피어오르면 눈송이처럼 흩어졌다
하늘이 하얗게 얼어 고드름을 따 먹을 때는
쇠죽 끓는 냄새에 코를 벌름거리는
황소의 온기가 훈훈했다
강아지 꼬리를 물고 썰매를 타다
모닥불에 양말을 태워버린 동생과 울던 날도

밤새 눈은 내리고
나는 하얀 눈 위에 지도를 그렸다
키를 쓰고 소금을 얻으러 가는 골목길에도
아버지의 비질 소리를 삼키며 눈이 쌓였다

도시에 눈이 덮이면 고향이 살아난다

모지랑숟가락

포실 포실한 감자 속살에서
할머니의 모지랑숟가락을 보았다
보랏빛 꽃이 별처럼 피고
초록색 꽈리가 알싸하게 영그는 텃밭
땅속에서 감자가 몸을 뒤척이는
하지 무렵이면
감자껍질 벗기시는 할머니
모지랑숟가락과 씨름을 하셨지
긴긴 여름날
손자들 허기진 배를 달래려고
나무 등걸처럼 갈라진 갈색 손에서
초승달을 닮은 야윈 숟가락
놓을 줄 몰랐지
보리매미 합창이 여름을 건너고
사파이어 투명한 하늘에
고추잠자리 비행할 때까지
추억은 별처럼 솟아오르는데
할머니는 보이지 않고

야윈 모지랑숟가락만
서쪽하늘에 걸려있다

백두산 목이버섯

마른버섯이 물을 먹는다
가랑잎 같은 몸피
탱글탱글 주름살 펴지며
마른 몸속에 구겨 넣었던 기억이 꿈틀댄다

사업 실패로 고국을 떠난 친구
삼킬 수도 뱉을 수도 없어
목에 걸렸던 신음이 녹아내린다

에둘러 간 백두산 상봉
드리웠던 안개베일 벗어던지고
시리도록 맑은 얼굴로 맞아주는 천지연

사랑도 미움도 평정심으로 대하는 물결은
슬픔도 삼켜버린 청정한 얼굴인데
감춰진 깊은 수위는
흐르는 물길을 따라갈 수 없어 막막한
신불자의 심정을 대변하는가

그날의 바람과 구름은
연변이나 평양이나
서울을 무시로 드나드는데

만날 수 없음에
못 다한 사연을 담은 백두산 목이버섯
촉촉이 젖은 친구의 마음이다

향수

정월 열엿새 날 장산에서 수십 년 전의 고향 달을 만났다 가슴으로 파고드는 순하고 청아한 유년의 공기는 달았다 구름 물살을 서서히 가르고 산을 넘어온 여유만만한 달은 눈을 반쯤 감은 별들을 거느리고 하얀 산마을을 비춘다 그 때처럼, 방바닥 틈새에서 청솔가지 타는 매캐한 냄새 피어오르면 머리에 수건을 두른 엄마가 구수한 청국장이 보글보글 끓는 화로를 들고 들어올 것 같다 가엽산 밑에서 같이 자란 동무들의 얼굴이 보인다 눈감아도 훤히 보이는 호수만한 하늘아래 하얀 백설이 그린 설국의 아름다운 동화나라 눈뜨고도 갈 수 없어 아득하다 고향에 뿌리박고 싶은 아버지의 한숨소리 깊어도 소처럼 순박한 산골 사람들은 나라의 안녕을 빌미로 엄마 품의 고향을 떠나야 했다 저 달이 몇 백번을 차고 이우는 동안 새로운 고향에 뿌리 내리느라 고개 들어 하늘 한 번 쳐다보는 것도 사치였지 나무와 풀과 돌까지 친구삼아 붙박이로 살아온 어르신들 그믐달로 떠오르고, 쥐불놀이하며 소원을 빌던 친구들이 보름달로 떠오르는 산골마을에서 눈물이 울컥이며 향수에 젖는다

할미꽃 전설

할머니의 초상화 한 점
무덤가에 앉아있다
햇살 따사로운 봄이면
수줍은 듯 다소곳이 맞아주던 너
지난날의 단아했던 모습은 가뭇없이
산발한 머리는 백발이 무성하여
세월의 흔적을 이야기하고 있구나
댕댕이바구니 옆에 끼고
단짝과 어깨동무하고 가던 날
회색 털 보드라운 자주색 비단에
노란 꽃술 박아 족두리를 만들었지
꽃등에 불 밝히고
잔디밭에 신방을 차리던 우리
설레는 가슴은 봄바람 타고
하늘을 나는 꿈을 키웠지
족두리 쓰고 신랑 각시 놀던 친구
어린 손녀에게 그날의 전설을
이야기 하는 꽃이 되어 있구나

제4부

물에 비친 나비는 어디를 날까

잃어버린 영혼

제주도 여행을 마치고
돌아오는 길에 영혼을 잃어버렸어요
이중섭 화가의 거리 어디쯤에서
놓친 것 같은데
볼거리가 너무 많아서 깜박했어요
귀신같이 찾아오리라 믿고
서둘러 비행기를 탔어요
집에 도착해 보니
가방 속에도 없는 영혼은
아직도 제주도 어딘가를 헤매고 있나 봐요
이틀 후에 출발하는 솔릭*이 있다기에
그를 따라오라고 일렀는데
솔릭*이 길을 잘못 들어 강릉으로 가버렸대요
잃어버린 나의 영혼은
어디로 가야 찾을 수 있을까요

*2018년 태풍 이름

매물도의 아침

밤새 침대 머리에서 나를 지켜보는 매의 두 눈

오늘도 동행하기를 기다린다
팽팽하게 잡아주던 손은 느슨해도 그리움은 식지 않았다고
눈짓을 한다

언제나 안아줘야 행복할 거라는 착각 속에 살고 있는 너는
나의 올가미

당신의 레이더에서 벗어난 오늘
창공을 날아오르는 갈매기의 자유가 부럽지 않은
매물도의 아침

단 하루만이라도 홀가분하게 살아 보고파 벗어놓은 올가미
가방 속에 가두어 놓았다

오늘은 밤바다에 쏟아지는 별똥만 먹어도 배가 부르겠네
한 석 달 열흘쯤 배가 뜨지 않아도 좋겠네

개똥참외

집도 밭도 없는 나는
개똥 속에서 싹이 트고 줄기가 자랐다
내가 어디서 어떻게 왔는지 들은 바 없다
개똥을 먹고 자라는 것 말고는
웃자라는 친구들의 그림자 밑에서
옆으로 기는 모습
땅속으로 기어들고 싶은 밤
달이 스쳐가고 옆구리에 노란 배꼽 하나 품었다
치열하게 살고 싶은 욕망이 꿈틀거렸다
떠돌이 개도 곁눈질 한 번 없는
발자국 소리 들으며 움찔움찔 자랐다
오뉴월 폭염에 물 한 모금 먹지 못해도
줄기차게 견디었다
장맛비에 두엄냄새 맡으며 키운 배꼽
노란껍질 속에서 어설픈 향기 풍겼다
지나가던 농부와 눈이 마주치자
"어~어 개똥참외가 있네"
나도 이름이 있다는 걸 처음 알았다

문창호지

연례행사를 치르는 어머니의 바쁜 손길이 추석이 다가오고 있음을 이야기한다 고사리 손으로 묵은 종이를 뜯어내고 풀칠을 하며 온 가족이 한마음으로 벌인 축제 가을 햇살만큼 따끈따끈하다 낡은 옷 벗겨내고 새하얀 창호지 정갈하게 추석빔을 입은 문이 조상님 맞을 채비를 한다 코스모스와 아기 단풍잎을 문고리 밑에 펼쳐놓고 다시 한 번 덧발라 햇볕 한 줌 뜸을 들이면 꽃무늬 저고리 우리 엄마 환하게 웃는다 돌담을 타고 오르던 나팔꽃 소리 없이 잠이 들고 희미한 등잔불 사위어들면 은은한 달빛이 문창호지 안으로 스며든다 고단한 어머니 잠이 드시고 별을 찾는 아이들의 꿈이 영근다

고사목

월정사 입구 전나무 숲길
500년을 살아오신 할아버지가 쓰러져있다
내장은 녹아 없어지고 거죽만 남아
인생무상을 몸소 보여 주신다

허리가 부러지고 속이 까맣게 타
재가 되어가는 몸뚱이
속을 다 비우고 살점이 찢겨진 채
옆에 선 분신들을 바라보며
생멸의 이치이니 애태우지 말라고
넌지시 이른다

살아오면서 마주친 사연들
나뭇잎 보다 많은 따뜻한 이야기를
500년 새겨온
나이테도 지워지고
물기 마른 거죽까지 초연하게
뭍 생명들에게 내어 주고 있는

염화미소의 시간

뿌리마저 온전한 흙으로 돌아가고 나면
이름마저 잊힐 고사목

저승꽃

갈뫼공원 등산로 한 가닥 실핏줄에 목숨 걸고
누워있는 벚나무
초라한 모습으로 화사하게 허세를 부려 본다
다소곳하던 어머니 환하게 웃어 본 적 없이
새끼들의 울타리가 되고 바위등걸 같은 고목이 되었다
질퍽했던 세월 속에 곰삭아 결 고은 백발이 되었다
늙은 벚나무 와불같이 누워
나는 괜찮다 걱정마라 하시는 어머니의
저승꽃미소가 하얗게 번진다

넉고개에서

넋 나간 버스가 설산에 갇혔다 버스에서 내린 승객들은 무아지경에 빠졌다 새 한 마리 얼씬 못하는 산등성이엔 넋을 잃은 길이 폭설을 맞고 있었다 뼈만 남은 고사목은 벌거벗은 채 누워있고 바위는 가부좌 틀고 있었다 정신 줄을 놓은 풀들은 계절이 바뀌면 다시 돌아올까 긴 한숨을 내뱉는 사람들의 넋 나간 소리에 눈을 뒤집어쓴 나무는 숨소리조차 내지 못했다 눈의 초점이 흐려진 나는 눈사람이 되어가는 아이를 설경에 담느라 시어머니의 회갑잔치는 하얗게 잊었다 버스는 혼을 부르느라 덜덜덜 주문을 외우고 "엄마, 버스가 살았다"는 아이의 설익은 단어에 문득 설화 속 무아지경에서 깨어났다 사람들의 흐릿하던 눈동자도 반짝이기 시작했다 넋을 찾은 버스가 부릉부릉 산비탈을 올라섰다

황혼의 사랑

너를 만난 건 행운이었지
연분홍 꽃이 핀 과수원에선 할아버지의
주름진 얼굴에도 웃음꽃이 피었지
여리고 풋풋한 모습에
두근거리는 마음 숨길 수 없어 입이
함박처럼 벌어지곤 했지
올망졸망한 어린 것들
눈에 밟혀 잠을 이룰 수 없는 밤이면
달빛 밝혀 발걸음 재촉한 날도 있었지
호시탐탐 먹이를 노리던 날강도들과의
피곤한 눈치작전에도
등불 같은 이들이 있어 버틸 수 있었지
이글거리는 태양 아래서
볼에 홍조를 띤 얼굴들과 눈이 마주치면
화끈 손등까지 달아올랐지
샛별이 눈을 뜨는 새벽부터
산 그림자 지워지고
개밥바라기 반짝일 때까지

아삭하고 달콤한 사랑을 했지
나의 사랑 나의 사과

게의 영혼

찜질방을 나온 꽃 화끈 달아올라 빨간 숨을 토해낸다

바닷가 어시장에서 눈독을 들이고 침을 삼키는 여행객들에게 몸을 통째로 내어준 꽃들
까만 눈동자에 이슬이 맺혔다

파도를 따라 기어야 할 집게다리를 게 눈 감추듯 먹어치우는 사람들
타우린과 키토산 칼슘을 넘치도록 먹어도 게들의 영혼만은 먹을 수 없다

배는 점점 보름달로 차올라도 머리는 텅 비어 소리만 요란하다
껍데기만 남은 게가 바다를 향해 휘파람을 날린다

그물에 걸려 집게발 잘린 사연과 서해바다 모래바닥에 옆으로 쓴 문장들
줄줄이 파도로 밀려와 흰 포말을 일으킨다

노을 빛 물들어 붉은 영혼들 바다로 뛰어 들고

갈매기 한 마리 파도를 물고 서천(西天)으로 날아간다

꿈꾸는 밤

꿈을 위해 모골이 송연한 칼침도
보늬를 벗겨내는 아픔도 참아야 했다
꽃을 버려야 가시를 두르고
가시를 세워야 씨알을 지킬 수 있는
삶의 현장은 팽팽했다
캄캄한 자궁 속에서
떠나버린 꽃을 그리며 풋밤을 보낸다
점점 배가 불러오는 상현달 따라
몸을 불려온 시간
다리 한 번 펴지 못해 둥글게 오그린
쪽방 생활도 견디며
달콤하고 고소한 절정의 맛을 새긴다
붉은 갑옷을 둘러 성장을 하고
한가위 달이 이울기 전에
누렇게 말라가는 엄마를 떠나야 한다
첫 비행을 하듯
두근거리는 가슴으로 뛰어내린 알밤은
차례 상에 올라 큰 뜻을 품었다

단풍의 눈물

가을과 겨울 사이에
어머니의 낙엽이 구르고 있다
산자락에 걸친 가을은
다음 문장을 찾아 서성이는데
귀띔도 없이 찾아온 함박눈이 등을 떠민다
노루꼬리만큼 남은 햇살 아래
앙상한 가지를 부여잡고 몸을 떠는 단풍잎
허공을 맴도는 눈송이들
하나 둘 받아쌓는 빨간 손이 시리다
푸르던 이파리들의 물결은 가뭇없고
관절이 툭툭 불거진 가지마다
얼어붙은 눈발이 수의처럼 감긴다
촉촉하던 어머니의 입술은
마른 가랑잎으로 버석이는데
장롱 속에서 수십 년
날개옷 되기를 기다리는
안동포의 안부가 궁금하다
문득 별이 되고 싶은 어머니
눈꽃 덮인 단풍잎에 눈물이 어린다

풍장의 계곡

인적 드문 산속이 스산하다
뼈만 남아 앙상한 나무들이 신음하고
태풍에 넘어진 고목들 뿌리째 뽑힌 생을 마감한다
낙엽의 혈흔이 번지는 가지마다
매달린 울부짖음에
메아리도 울고 가는 골짜기
새들은 장송곡 한 소절로 조문을 한다
소리 없는 태풍에 휘말린 별들이
쓰러진 세상은 풍장의 계곡인가
안개 속을 더듬는 페이지는 불안하다
마지막까지 놓지 못하는 애증의 뼈대 위엔
이끼들만 축축하다
산등성이 오가는 햇살에 몸을 말리는 영혼들
몰아치는 바람을 맞으며
낙엽 구르는 소리를 듣는다
뼈가 녹아내린 골짜기에서
내생來生의 푸른 꿈을 잉태한다

바람맞은 폐가

바람이 수시로 드나들면서 만들어낸 폐가, 허공에 떠있는 집을 차지한 가랑잎들 그물을 흔들며 헛바람에 춤을 춘다 통신이 끊긴 집에는 인적도 없다 사냥꾼의 밥이 된 곤충들의 마른 껍데기만 흔적으로 널려있다 걸려든 먹이의 미세한 진동도 놓친 적 없는데 독침으로도 방어하지 못하고 가랑잎에 집을 내어준 거미는 어디로 갔을까

재개발 바람이 불어 닥친 신안아파트, 이주를 부추기던 바람잡이는 계약서를 헌신짝처럼 버리고 떠났다 별이라도 딸 듯 부풀었던 꿈은 수직으로 떨어져 낙엽과 함께 뒹군다 고성이 오가던 주차장은 검은 적막을 토하고 시력을 잃은 유리창엔 커튼 대신 거미줄이 걸렸다 계산기를 두드리며 욕심을 채우려던 이들이 아직도 줄을 찾고 있는 불 꺼진 폐가

경지

연못 속이 개심사의 하늘만큼 깊다

물속에 비친 한 폭의 수채화에
숲 향기 그윽하다
거꾸로 선 나무는
뿌리를 보면서 참선 수행을 하고
나뭇가지에 매달린 새가 경을 읽는다
얼굴 없는 몸뚱이 물구나무로 걸어 다니는
물속이 극락이다
물에 비친 자신을 보며 마음을 닦으라 한다
마음을 씻고 다시 비춰 보라 한다
대웅전의 부처님이 지켜보는 외나무다리에선
원수를 만나도 끌어안아야 한다
물에 젖지 않고 건너면 극락에 갈 수 있단다
거울 속 풍경이 흐려질까 망설이는데
마음이 맑으면 몸도 따른다며
미소 짓던 스님의 말씀이 귓전을 울린다

나는 언제쯤이면 경지鏡池를 건너는

경지境地에 들까

외눈박이 별

섬뜩한 외눈박이와 마주친 순간 들켜버렸다

언제나 어디서나 피할 수 없는 눈길
낯가리지 않고 쏘아보는 너의 눈빛에
꼼짝없이 눈 맞춰야 했다

엘리베이터에서 만난 별 하나
고속도로를 달리고 휴게소를 거쳐
어느새 만리포까지 따라 왔는지

밤낮으로 반짝이는 별들의 호기심을 눈치채지 못했다

마당가에 누운 해변이
파도를 밀어내는 한가로운 오후
썰어놓은 바다 한 접시 막걸리를 부르고
혀가 꼬이도록 손자 자랑하는
할배 할매들 지켜보는 CCTV
너는 여전히 임무 수행 중이었구나

허락 없이 빈집 마당에 술판을 벌인
현장 놓치지 않으려고
곁눈질 한 번 못하는 투명한 눈동자는
양날의 칼을 든 해결사였지

한 치의 거짓 없이
알리바이를 낱낱이 기억하는 별. 별. 별.

슬픈 문단속

봄부터 겨울까지
얼음을 품고 사는 그녀
예고 없는 바람에 눈물이 흘러내린다
몸을 더듬는 요리사의 유혹을 뿌리칠 땐 몰랐다
순간의 방심에 문틈으로 기어든
소문이 애간장을 녹일 줄은
비워 본 적 없이 꽁꽁 다져두었던 꿈들이
물거품으로 흘러내린다
넋이 나간 채소들은 몸을 가누지 못하고
단단하던 뼈대들은 풀이 죽었다
노르웨이 고등어는 바다물결 생생한 무늬를 잃고
국적불명으로 방황한다
얼음을 품은 동태의 투명한 눈동자엔
백태가 끼고
푸른 초원을 머금은 안심살도
붉은 눈물 흘리니 안심할 수 없다
피가 되고 살이 되려던 견고한 토막들
싸늘한 암흑 속에서 꿈을 이루지 못하고

한 순간에 비릿한 쓰레기로 변한다
허튼 문단속에 상한 영혼들마저
빠져 나간 몸
그녀의 빈 뱃속엔 한기만 서린다

당신은 재활용이 안 됩니다

재생의 꿈을 안고 모여든 폐품들 인기 순으로 떠난다 마지막 파지까지 새로운 삶을 찾아 떠난 텅 빈 마당 구석에 낡은 보퉁이 하나 외로이 앉아있다

살 부비며 동거할 땐 좋았지 달아오른 열기에 숨이 막혀 발치로 밀려나도 밤마다 만날 수 있어 살맛이 났었지 밀고 당기는 팽팽한 기 싸움에 터질 듯한 고통도 참았다 베갯머리송사도 못들은 척 허물을 덮고 견디느라 비단결 피부는 삼베처럼 거칠어졌다 결이 곱고 부드러운 극세사에 자리를 빼앗겨 허름한 보자기를 걸치고 재활용 수거함 위에 앉았다 다시 태어나 온실덮개라도 될 수 있을까 실낱같은 꿈을 별에게 고백했지만 경비 아저씨는 재활용 불가 스티커를 이마에 붙였다 부끄러워 몸 둘 바를 모르는데 옛 주인은 모른 척 외면을 한다

살붙이들 거두느라 뼈에 구멍이 생기고 머리에 서리가 내리는 줄도 몰랐다 텅 빈 집이 허전해서 작은 집으로 옮길 때도 유통기한을 생각지 못했다 시인의 꿈을 안고 시

오름 아카데미를 기웃거리며 나를 찾아 헤매었다 등록을 하던 날 '수강료는 안 내도 됩니다' 라는 말을 '당신은 재활용이 안 됩니다'로 들었다

절망의 꼬리표를 달고 장맛비에 주저앉은 이불 이글거리는 소각로에 몸을 던진다 마지막 불꽃 화끈하게 피워 보리라

낡은 꼭지

TV를 끄니 여자의 울음소리 선명하다

찔끔찔끔 시계의 초점에 맞춰 떨어지는 눈물을 나이든 탓이려니 치부하고 말았다

끈질기게 흐르는 눈물은 그칠 줄 모르고 밤이면 한 옥타브 높은 소리로 불면증을 부르기도 한다

요실금 환자처럼 수시로 흘러내리는 누수

헐거워진 괄약근, 함부로 손을 대기가 무서웠다

진액이 빠져나간 내 몸 속에도 검은 싱크 홀이 생기는가
벌집 같은 뼈가 시리다

물안개

머뭇거리다
흔적도 없이 사라지기 전에
떠나야 한다
마음은 이미 하늘에 닿았다
희미해지는 기억을 더듬어
다시 올 고향을 그려 본다
돌고 돌아 자리 잡은
양수리 강기슭
물의 흐름은 길고 험했다
모든 걸 지워버리는 새벽의 몽롱함도
간절하지 않아
아침 햇살에 스러지기 전에
산허리를 기어올라
한 송이 구름 꽃으로 피어날 것이다
하늘을 떠다니다
그리워지면 그 때 다시 오련다

강물에 뜬 은하수

갑자기 쏟아진 폭우에 빗줄기 따라 내려온 별들
강물 위에 은하수를 이루었다
반짝이는 별들이 물속에 잠겨 빛을 잃을까 봐
빗방울은 물가마를 만들어 별을 태우고 수면 위를
떠다닌다
빗소리에 화들짝 깨어난 초목들
상큼하게 미소 짓는 풀잎마다 맺혀 있는 아기별들
다시 돌아가고파 무지개다리를 기다린다

해우소의 이별

이별은 밀어내는 아픔이다 굳어버린 감정들은 떠날 생각이 없는데 나 홀로 안간힘을 쓰기도 한다 막무가내로 밀어내며 끙끙대다 관세음보살을 부르기도 했다 뒤로는 기암절벽이 병풍을 두르고 앞으로는 청풍호가 한 폭의 산수화로 펼쳐지는 금수산 자락의 정방사 부처님 설법이 아니어도 눈에 보이는 절경이 모두 부처님 말씀이다 별당엔 좌변기도 부처님 자세로 참선을 하고 누구든 별당에 들면 참선하는 그의 무릎에 앉아야 하는 것이 부처님 법이다 눈을 사로잡는 풍경화에 탄성을 지르거나 풍경 좋은 카페로 착각하고 차 한 잔 생각하거나 한 줄의 시를 읊으며 시인의 흉내라도 내는 건 자유다 조촐한 의식을 치르고 묵은 감정을 물과 함께 흘려보낸다 만남과 헤어짐의 일상 어느 별에서 다시 만난들 억겁의 인연이 아니겠는가 무릎 굽혀 작별을 고하는 천상의 이별은 신선했다

마음을 솎다

꽃을 따는 가슴이 아리다
살점 떼어내는 아픔에
떨리는 손이 더듬거린다

꽃따기는 알찬 열매를 키우는
어미의 사랑이기에
마음을 비워야 한다는데

비우는 데 익숙지 못한 손길을 멈추고
속삭이는 도랑 물소리 따라간다

해맑은 얼굴로 쉬어 가라며 웃는 물
하늘이 비치는 물에 손을 담그고 간질여 본다
사과 꽃 인양 하얀 거품으로 웃다가
금세 맑은 얼굴로 돌아온다

투명한 물살이 손을 어루만지더니
사과 꽃을 솎는 것은

마음을 솎는 일이라고 귀띔을 한다

머리가 맑아지고
따버린 꽃잎은 나비가 되어 날아오른다
가벼워진 몸을 나비 날개 위에 포개 본다

환생

혼기 찬 처녀들 가을이 가기 전에 서두른다

뿌리를 자르고 겉대를 벗기며 몸 관리를 한다
칼집을 넣어 배를 가르는 아픔을 참으며
속 찬 고갱이 노란 웃음을 흘린다

뱃속에 염장을 지르고
물속으로 뛰어드는 냉기도 견뎌야 한다
뻣뻣하게 살아 서슬 퍼런 것들
새 삶을 기대하며 숨을 죽인다

하루 밤 동안 소금물 들이키고 나긋해졌다
목욕재계하여
뽀얀 속살 드러낸 매혹의 여인들
의식은 준비되었다

몸에 좋은 명물과 특산물을 모아 명품양념으로
온 몸에 칠갑을 하고 다소곳해졌다
다시 태어난 김치들 합방에 들어간다

권순용 시집 해설

언어의 물방울로 세상을 두드리다

김기덕 (시인, 문학평론가)

마침내 물방울이 구멍을 뚫었다. 내면의 맑고 깨끗한 풍경이 한 폭의 수채화처럼 펼쳐졌다. 응집된 꿈들은 현실 너머에서 순수성을 비추는 물방울이 되었다. 경험에서 얻어진 이미지에 근원적 가치를 부여한 생명의 언어가 시편에 모두 담겨졌다. 자연을 의인화한 유동적인 은유가 물처럼 고임 없이 흘러간다. 흐르다가 솟아나는 물방울은 자신을 낮추어 내적 승화를 이루고자 하는 시인의 모습과 닮았다. 삶의 체험적 인식에서 맑고 순수한 물의 언어를 무수히 빚어낼 줄 아는 시인. 시인의 시적 감각은 고정적이거나 인위적이지 않으며 언어의 원초적인 대양을 향해 끊임없이 흐른다. 그

곳에는 구체화되거나 형식화되지 않은 정갈함이 있다.

오랫동안 정진하며 엮은 그녀의 시집 『눈꽃 한 번 피워 보려고』는 총 4부로 구성되어 있다. 꿈을 좇는 시절을 그린 1부 "나의 연인, 밤하늘에 반짝이는 별들의 꿈"과 가족에 대한 사랑과 헌신을 그린 2부 "순백의 천에 사랑의 날개를 그려"가 있다. 또한 자신의 존재에 대한 새로운 인식을 표현한 3부 "눈꽃 한 번 피워 보려고"와 더 나은 세상을 향한 날갯짓을 노래한 4부 "강물에 비친 나비는 어디를 날까"로 이루어졌다.

권순용 시인은 내적 상징화가 열려 있는 실체로 드러난 새벽이슬을 연상케 한다. 연약하지만 세상을 부드럽게 적시는 강인함을 간직하고 있다. 대상을 향한 공감각이 무채색으로 흐르는 원초적인 이미지를 다룬다. 자연의 원천에 순응해온 내적 기호들이 자연 그 자체에 유연하게 스며들어 독자의 목마름을 충분히 달래주는 기능을 한다. 시인의 응축된 언어는 자신을 향한 끝없는 두드림과 부서짐으로 세계를 이해하려는 창조적 산물로 나타나 시적 견고성을 확인시켜준다.

시인의 문학적 상상력은 의식의 표면이 아닌 깊이를 은유함으로써 끊임없이 풍부해진다. 깊은 내면의 웅덩이에서 누구도 탐험하지 못한 시적 언어를 발견하여 자신의 고유

한 예술적 공간을 넓혀간다. 감성적이면서 감각적인 문체의 신선함은 따스하고 부드러운 정서를 기반으로 한다. 근원에서 들려오는 숙명의 소리를 받아 적는 열린 마음으로 수용의 길을 걸어간다. 그러므로 시인에게 있어서 시창작의 세계는 오직 예의 바른 섬김의 자세로 인식된다. 그것은 수평선을 향해 날개를 펴는 내면적 의식이며 자신을 낮춤으로 승화의 경지에 이르는 도덕적 실천이다. 자연에 투영된 작가의 시선은 세계를 서정적 조화로 이끌고 감으로써 현실을 사랑하는 물결로 가득 채운다.

창가에 서성이는 봄을 스케치 한다
팡팡 터지는 꽃들의 호들갑
화답하는 날갯짓에서 푸른 문장을 만났다
한가로운 구름까지 끌어들인 빽빽한 밑그림은 숨이 차다
물올라 빨개진 참꽃 한 송이 화폭에 담지 못하고
덧칠을 반복하는 것은 서툰 붓질 때문이다
시간을 좇아가는 풍경은 파노라마로 펼쳐지는데
잊히지 않는 문장이 아지랑이로 어린다
온전히 소유하고 싶은 욕망
바람과 햇살이 드나들 여백이 없다는 걸 몰랐다
절정의 마침표를 찍지 못하고 가만히 붓을 놓는다
계절을 건넌 풍경화
붉은 나비가 널찍해진 행간을 날아오른다

-「나비의 문장」 전문

나비의 문장은 삶의 여백이 있는 여유와 자유로움을 상징한다. 소유의 욕망으로 쫓기듯 살아가는 현대인의 삶엔 여유가 없다. 바람과 햇살을 들여놓고 유유자적할 만한 마음의 공간이 없다. 초조한 일상의 반복은 암울한 덧칠에 불과할 뿐이기에 "물올라 빨개진 꽃 한 송이"조차 마음에 담지 못하고 살아간다. 권순용 시인은 어느 날 자신이 그려온 삶이 떠다니는 구름으로 가득 찬 세상이었음을 깨닫는다. 욕망으로 붓질할수록 어두워지는 내면을 발견한다. 그곳에 참된 인간으로서의 가치와 의미가 없음을 발견한 그녀는 마음을 비움으로써 공백을 만든다. 공백은 지금까지 그려온 시간의 풍경화가 아니다. 없음이 곧 있음이요 있음이 곧 없음인 공의 세계다. 고통으로 가득 찬 갈애의 세상에서 마음을 내려놓고 초심으로 돌아가는 중도의 삶이다. 집착에 의해 생심하고, 생심이 유심이 되어 고통을 일으키며 살아가는 고해에서 그녀의 시는 무심의 경지에 머물러 있다. 나비는 무성한 수풀 속을 날지 않고 하늘이 트인 공간을 난다. 공간은 마음의 여유이며 집착이 없는 무소유다. 삶의 문장들 속엔 치열한 현실이 있을 뿐이라서 사실적이지만, 메타적 행간은 사실을 뛰어넘는 은유이고 상징이라고 표현한다. 권순용 시인은 인간적인 욕망의 굴레를 뛰어넘는 신성이며, 초월적 변화를 내포하는 「나비의 문장」을 통해 순수한 물방울의 세계에 다다른다. 내면의 아픔을 녹이는 눈물이며, 상처를 치유하는 옥시풀의 경지다. 행간을 날아오르는 나비는 곧 아침햇살처럼 영롱히 빛나는 이슬과 같다. 그녀는 「나비의 문장」을 통해 채울수록 갇히는 공간에서 탈출하려 한다.

맨몸으로 절벽을 오르는 클라이밍 선수
위아래 좌우로 눈동자를 굴리며 루트를 찾는다
홀더를 잡은 손은 바들거려도 심장은 뜨겁다
바위틈에서 희망을 더듬는 발걸음
설렘과 두려움이 엇갈린다
깎아지른 절벽에서 숨은 맥을 찾는
가냘픈 덩굴의 숨소리
담벼락에 떨어질 듯 매달린
연두의 몸들이 그물을 엮는다
시간을 삼킨 실핏줄이 뻗어 오른다
끈질긴 습성
절벽을 누비는 긴장감이 밀려온다
성공과 추락 사이
홀더를 놓친 낙엽들이 추락하는데
혼신의 힘으로 버티는 꽃들은
흔들릴수록 강해진다
암벽의 정점을 향해 오르는 이파리들

하늘에 닿아 초록별이 된다

-「담쟁이의 꿈」 전문

깨달음은 집착을 버리는 데서 온다. 하지만 깨닫고자 하는 집착이 없이는 깨달음을 향해 정진할 수가 없으므로 깨닫기 위해 집착을 버려야 한다는 논리엔 모순이 따른다. 그렇다면 어떻게 해야 깨달음을 얻을 수 있단 말인가. 깨달음이란 삼라만상이 실체가 없고 연기에 의해 얽혀 있음을 아는 것, 곧 나란 실체는 없고 무수한 인연에 의해 관계 맺고 있음을 깨닫는 것이다. 「담쟁이의 꿈」은 상승의 길을 만들며 깨달음의 정점을 향해 달려온 권순용 시인의 삶과 일치한다. 늦은 나이에 시작한 그녀의 시 작업은 맨몸으로 절벽을 오르는 일이었다. 늦깎이의 삶은 길을 찾는 두리번거림이었으며, 바들거리는 매달림이었다. 하지만 그녀는 긍정의 가치를 사랑하고 두근거리는 가슴으로 발걸음을 내딛는다. 시를 향한 열정은 시인의 내적인 몸짓이었고 집착을 버린 깨달음의 작업이었다. 그러했기에 홀더를 놓친 동료들이 추락할 때에도 혼신의 힘으로 시의 맥을 놓지 않았다. 그녀의 집념은 오름이었지만, 그 오름은 날마다 자신을 비우는 추락 속에서 빛났다. 물방울이 무수히 깨어져야 바위에 구멍을 뚫듯 반복된 추락 속에서 상승을 경험했다. 흔들릴수록 강해져서 암벽에 못을 박으며 꿈의 자일을 걸었다.

시인이 보여주는 문학적 풍경은 현상 세계의 중심에 자신을 합치시키고 험난한 삶의 과정을 환기하며 회복해가는 긍정적이고 강인한 수용의 자세로 인식된다. 이제 그녀는 하나의 정점에 다다라 새롭게 바라보는 세상을 향해 나아간다. 그녀의 시들은 메아리를 물고 퍼져나갈 것이다.

등불을 밝히고 기도에 든 복숭아나무
부처님의 말씀을 주렁주렁 매달았다

〈중략〉

나무의 건강과 꽃들의 화목을 위해
망자의 저승길까지 밝혀도
자신의 안위는 뒷전이다

맨살의 촛불을 지키는 지등 같은 보살님
무지개 불빛을 온누리에 뿌린다

사다리를 타고 하늘 가까이 오르면
신을 만날 것 같아 오르고 또 오르며

황금 열매 나누고 싶은 보시의 꿈
향기로운 땀방울로 만개의 등을 달았다

-「푸른 연등」 전문

물방울의 추락은 하강적 이미지이지만 내면에 구멍을 만들고 공간을 넓혀가는 것은 상승적 이미지이다. 복숭아 나무에 매달린 열매들은 언제 떨어질지 모르는 하강적 이미지를 담고 있지만 푸른 연등으로 발현됨으로써 상승적 이미지를 만든다. 추락에도 보시를 꿈꾸는 부드러움이 있기에 시인의 세계는 사다리를 타고 오르는 상승의 경지를 보인다. 신을 만날 것 같은 경지에서 세상을 향해 빛을 나누려 한다. 하지만 아직은 내면에 흐르는 감정적 동요일 뿐, 부처님의 말씀을 주렁주렁 매달았지만 세상에 전하지 못했다. 지등 같은 보살님은 온누리에 무지개 불빛을 뿌리는데 자신은 익지 않았다. 「푸른 연등」에서 표현된 시인의 의식은 무명無明을 깨뜨리지 못한 미완이다. 바위를 뚫지 못한 정진이다. 마지막 물방울이 바위를 뚫기까지 인내하듯 떨어지지 않고 기다리는 열매는 향기로운 보시를 이루고, 인욕을 견딘 정진으로 열반에 들 것이다. 권순용 시인의 시정신은 끝없는 정진을 통해 선정에 다가간다. 그리고 해탈을 꿈꾼다. 실제의 삶에서도 부처의 모습이 보이듯 그녀의 작품엔 지고지순한 피안의 세계가 담겨있다. 때 묻지 않은 정서, 꾸밈없는 표현, 고결한 시정신은 평범을 뛰어넘어 비범의 경지를 넘나든다. 추락은 무엇을 위한 추락인지에 따라 진정한 오름이 된다. 권순용 시인의 사다리는 한 편 한 편의 시이며, 심오한 행간을 갖는 문장들이다. 진정으로 낮아져야 오를 수 있는 사다리는 인욕의 과정을 견뎌 끝까지 매달릴 때 진정한 상승의 선정에 이른다. '푸른 연등'은 순수한 정신 에너지인 승화의 빛이며, 꿈꾸는 영혼들의 광채다.

설렘과 두려움으로 마중물을 따라온 물
암흑 속을 벗어난 순간 세상의 별천지를 보고 별이 되려고 불가마에 몸을 풀었다

물불을 가리지 않는 짜디짠 알갱이들 펄펄 끓는 몸을 뒤척이며 영글어간다
각을 세우며 커지는 눈물의 뼈들이 뒹굴고 부서지며 단단해진다

물기 잦아들어 바스락 소리 날 때까지 하얗게 지새운 결정의 낱알들
맑은 영혼이 스미어 별이 반짝이고 눈부신 소금 꽃으로 피었다

별빛이 어리는 아이들의 눈동자에 은하수 하얀 소금 길이 열리는 마을에서
간간한 이야기 한 줌 가슴에 담는다

-「소금마을」 일부

성철스님은 달을 가리키는 손가락만 보지 말고 달을 보라고 했다. 달은 공의 세계이고, 깨달음의 차원이며, 부처의

실체이다. 그러나 사람들은 허상인 문자에 사로잡히고 법문에 갇혀있다. 그래서 산은 산이요, 물은 물인 실체를 보지 못한다고 지적한다. 하지만 실체를 가리키는 진리의 손가락이 없이는 방향을 잡기가 어려운 것이 인간이라서 문자의 영역을 벗어나기는 어렵다. 시는 함축된 언어의 손가락이 가리키는 깨달음의 세계다. 「소금마을」에는 깨달음의 세계로 나아가고자 하는 권순용 시인의 정진하는 과정이 그려져 있다. 우연한 기회로 시작된 시 쓰기는 설렘과 두려움을 수반한 열린 세상이었다. 맹물 같은 자신의 존재를 깨닫고 별이 되려고 불가마 속에서 각을 세우며 눈물의 뼈를 키웠다. "물기 잦아들어 바스락 소리가 날 때까지 하얗게 지새운" 날들 속에서 맑은 영혼의 결정들이 탄생했다. 그녀의 시들은 소금 꽃의 결정처럼 순백의 세계를 그린다. 그녀의 시들이 당도하는 곳, 소금 길이 열리는 마을에서 언어의 시원을 찾아 시를 캐내는 마음으로 자신을 걸러냄으로써 진정한 해탈의 결정체가 되고자 했던 간간한 이야기들이 염전같이 넓고 평평한 그녀의 깊은 바닥에 소금 꽃으로 남아있다.

작품이 생명을 지니기 위해서는 내면의 세계에 직관적으로 파고들어 언어의 다양성으로 변형되고 가공되는 상상력이 발휘되어야 한다. 시인은 이러한 원근법적 창작의 방식을 소금마을에서 체득한 듯하다. 아픔을 승화시키고 응

결된 섬김의 알갱이들로 눈부신 세상을 만들어갈 때 그녀의 시는 방부防腐의 말씀이 되고, 삶의 양념이 될 것이다. 소금밭처럼 순수한 권순용 시인의 시세계는 「눈 오는 날의 수채화」에서 절정을 이룬다.

도화지에 고향을 그린다

처마 밑 시래기 다발에 들이치는 싸락눈 소리와
아버지의 비질 소리가 화음을 이루는 밤
화롯불에 구운 고구마는 철부지들 입에 넣어주고
동치미 국물만 들이켜던 엄마의 미소와
고무신에 쌓인 눈을 털어내던 언니의 투덜거림이
시린 눈꽃으로 피어난다
연일 내린 눈이 무릎까지 차오르는 백색의 고립
하얀 그리움이 켜켜이 쌓인다
몸으로 그리는 수채화
사립문 옆에 입이 비뚤어진 눈사람과 놀다
저녁연기 피어오르면 눈송이처럼 흩어졌다
하늘이 하얗게 얼어 고드름을 따 먹을 때는
쇠죽 끓는 냄새에 코를 벌름거리는 황소의 온기가 훈훈했다
강아지 꼬리를 물고 썰매를 타다
모닥불에 양말을 태워버린 동생과 울던 날도
밤새 눈은 내리고
나는 하얀 눈 위에 지도를 그렸다

키를 쓰고 소금을 얻으러 가는 골목길에도
아버지의 비질 소리를 삼키며 눈이 쌓였다

도시에 눈이 덮이면 고향이 살아난다

-「눈 오는 날의 수채화」 전문

불교에서 욕계 6천六天 중의 제 4천인 도솔천은 미륵보살의 정토로 알려져 있다. 보관寶冠, 칠보七寶, 광명光明, 연화蓮華 등으로 장엄하고, 십선十善과 사홍서원四弘誓願을 설하는 음악이 끊임없이 흘러나와 천인天人들이 이 음악소리를 듣고 높은 깨달음을 얻고자 한다는 도솔천은 이상적인 불국세계로 인정되었다. 권순용 시인의 「눈 오는 날의 수채화」는 도솔천의 경지를 담고 있다. 도화지는 순수한 어린 시절이기도 하고, 눈 오는 날의 상징이기도 하다. 또한 잠결에 지도를 그린 요이며, 썰매를 타던 빙판이며, 그리움이며, 꿈이다. 이는 무소유의 세계이며, 하심下心의 세계이다. 이 세계는 정결함으로 얻고자 하는, 도솔천과 같은 이상세계다. 비질소리와 싸락눈 소리가 화음을 이루는 곳은 하늘과 인간, 극락과 세상이 하나 된 곳이다. 배고픔이 있어도 사랑이 있는 어머니의 품 같은 곳이다. 쇠죽을 끓이고 강아지와 함께 노는 공존의 세상은 키를 쓰고 소금을 얻으러 가는 수치마저도 흰 눈으로 하얗게 덮어주는 세상이다. 그녀가 그리는 세상은 소박하지만 지극히 아름답다. "도시에 눈이 덮이면 고향이 살아난다" 라는 마지막 문장은 마음을 비움으로 얻는 도솔천과 같은 상징을 만든다. 욕망의 추함과 내면의 가식을 지우고 순수로 돌아갈 때 진정한 행복이 찾아온다는 상징적 암시를 「눈 오는 날의 수채화」를 통해 표현했다.

문학의 세계는 이상과 희망을 꿈꾸는 세계다. 권순용 시인은 지금까지 성과 속의 두 차원 사이에 암석처럼 가로막힌 벽을 언어의 물방울로 뚫어왔다. 한 송이 눈꽃으로 피어나기 위해 숨을 죽이는 작업을 마다하지 않았으며 가식과 허울로 덮인 껍질을 깨고 의식의 새로운 차원을 넓혀왔다. 직관의 대롱을 타고 하늘의 빗물로 쏟아진 그녀의 언어들은 승화된 공空의 차원을 만들며 열린 세상을 만든다. 주옥같은 작품들이 표현하는 순수와 진실의 조용한 외침은 한 곳에 고이지 않고 흘러가고 흘러드는 물방울이 되어 세계를 감싼다. 하나의 물방울이 거대한 대양을 이룬다는 사실이 참으로 경이롭지 아니한가. 자신을 향한 긍정의 두드림. 사랑할 줄 아는 사람은 사랑으로 부드럽게 녹아든다. 시인이 고이 간직한 따스한 시성은 혼탁한 현실을 정화시키기에 충분하리라 믿는다.□

시와함께(Along with Poetry) 시인선 015

권순용 시집

눈꽃 한 번 피워 보려고

인 쇄 2022년 7월 1일

발 행 2022년 7월 7일

지은이 권순용

펴낸이 양소망

펴낸곳 도서출판 넓은마루

주 소 (03132) 서울특별시 종로구 삼일대로 30길21, 1103호(낙원동, 종로오피스텔)

전 화 02-747-9897, 010-7513-8838

이메일 withpoem9@hanmail.net

출판등록 제2019호-000100호

인쇄 · 제본 (주)지엔피링크

ISBN 979-11-90962-13-1(04810) / 979-11-90962-04-9 (세트)

값 10,000원